www.ingramcontent.com/pod-product-compliance
Lightning Source LLC
Chambersburg PA
CBHW070957120726
47910CB00004B/1277

نقاشی آواز دختران

- حسیب احراری -

Barmakids Press

Barmakids Press, Toronto Canada.
🌐 www.Barmakids.com
✉ info@barmakids.com
Copyright © 2024 by Barmakids Press
ISBN: 978-1-0688562-4-2

شناسه کتاب

نام کتاب: نقاشی آواز دختران

شاعر: حسیب احراری

طرح جلد: ژکفر حسینی

ناشر: انتشارات برمکیان

سال چاپ: ۲۰۲٤ میلادی

قو هوالله احد

نیست جز از خالق عشق

این مجموعه را تقدیم می‌دارم به همه دختران از تعلیم بازمانده‌ی سرزمین سال‌ها در آتش جنگ سوخته!

شعرهای من خودم استند

آنچه می‌گویم که هستم

اگر من را می‌جویید

واژه‌های را که بافته‌ام گره گره باز کنید

آن‌گه با سلام گرمی به روی شما لبخندی خواهم زد

و با آغوشی به فراخی آسمان

بغل‌تان خواهم گرفت و

خواهم برد در یک روز بی‌شب

که سیاهی در آن

هرگز تولد نیافته است

فهرست

١

اهان اهان ستاره‌ها ستاره‌ها

که سر سپرده‌اید و

آسمان خود رها نکرده‌اید و

در حضور شب شما شراب نور می‌خورید و

نام آفتاب می‌برید

چه لذتی

چه کیف می‌دهد چراغ جان خویش شدن

اهان اهان ستاره‌ها ستاره‌ها

که در ستاره‌ور شدن فشرده‌اید دست کوه و

آسیاب زهره را

به زور شانه چرخ می‌دهید و

چانه با زمانه می‌زنید

درود من
درود رود و
دره بر شما
درود آب بحر
درود فرد فرد سنگ

اهان اهان ستاره‌ها
ستار دست آفتاب و
نای ناله‌های شب
شناوران نور و
بازوان کوه
کهن ترانه‌های شاعران آسمان
به یک یک شما سلام من

اهان اهان ستاره‌ها
ستاره‌های ریشه‌برده در زمینِ کهکشان
که شب خمیده پیش پای تان گرسنه‌وشکسته سر
ستاره‌های تن‌فشرده روشنی‌گرفته جان
که با زبان بی‌زبانی حرف می‌زنید و
کار تان به بند کشیدن دو دست‌وپای تاره است و تیرگی

اهان ستاره‌های نعره در مزاج
صدای من
ندای او
هوای ما
برای تو

صدا صدا صدای تست ستاره‌ها
شما که دانه‌ی رهایی
از گلیم عرش چیده‌اید و
با زبان روشنی غرانه حرف می‌زنید و
تند روانه سوی روزن اطاق جاودانه‌ی زمانه‌ها
گلویم از سرود تان جدا جدا جدا نباد ستاره‌ها

۲

ظلمت افسار گسیخته‌ی مست

صخره‌های تنم را

رژه در کمین بیداری می‌زد

و روز از پی شب

گام در گذر پر گرد بی‌مهتاب

بر می‌داشت بی‌برگشت

شب‌تاب

شتاب
له می‌شد از باد سوی باد
و خون خرشاد
از دهان دریا می‌ریخت
زیر سم‌های دیو تاریکی‌تبار

دشت تا آخر دشت سرخ
دریا تا آن‌سوی دریا خون
و فریاد بی‌چراغی آسمان
صاعقه
صاعقه

گوش صحرا را قرمزی می‌کرد

پرسیدم خون کیست
گیتی کرده سرخ
موجی خواست بلند سخن گفت
هنگامه‌ی غروب است

۳

شاعر در خیابان خنکی راه می‌رود

و چه دور

از آواز دست‌نخورده‌ی قلبش

به پچ‌پچ تنهایی بی‌سرانجام آدم‌ها

گوش می‌دهد

اشک‌هایش را دامن دامن می‌چیند

و از چهل قطره‌ی آن

چهارپاره‌شعری می‌سازد سرخ

نامش سپید

دست شاعر به اشکش نمی‌رسد

اشک شاعر باران بی‌توقفی‌ست
در کرانه‌ی رخسار ره‌سپاری
که ره در دو سوی انبوه وَدّها گم‌کرده
و زورق بی‌پاروی خیال
روی گشن‌موج گلوگیر می‌راند

شاعر خودش را ستار می‌سازد
در سایه‌ی بلوط هشیمی
به دست ره‌گذری

که غمین می‌زند ساز اندوه هم‌قافله‌گانش را
و می‌میرد روی شن‌زار گمار آرزوهاش
در قلمرو ققنوس

گور او را ستاره‌ها می‌کنند
و ماهتاب بر سر او چراغ می‌گیرد
جنازه‌اش را خورشید می‌گوید

۴

بی‌کسی‌هایم تک درختی‌اند
که هیچ مرغ پر کوتاهی
چنگال به شاخسار آن حلقه نکرده
و هرگز آدمی از طعم میوه‌اش خبردار نیست

ستاره‌گان تنها کلاغانی‌اند
که دَور آن به شوق بنای لانه می‌چرخند
و آسمان جوجه طاووسی‌ست
قرن‌ها به رسم حیرت بر فراز آن بال شکفته
اما غیرت نشستن‌اش نیست

ریشه‌های درخت بی‌کسی‌ام
هزار متر نوری از زمین عبور کرده
و با اشک خدا آبیاری می‌شوند

۵

هیچ‌کس را در گذرگه خون‌تشنه‌گان
اشتهای آب نمی‌آید
شهر متروکی قابل دید است برایم
که می‌بینم
از شه‌رگ دو پایی
خون بر لبان دو پای دیگری
بی‌توقف می‌چکد

خون پرنده
در کاسه‌ی کفتار
رنگ دیگری ندارد

مرگ
جان هر زنده‌ی را
با عبور از نفس‌های او می‌گیرد

باد یک‌سان می‌برد
خاک استخوان آهوی را
با خاکستر آتش

اما بی‌سابقه‌ترین ترحم تلخ
توازنی‌ست که همیش از مدار
انسان گذر کرده
و آدمین که آدمین را هزارگونه می‌خورد

ما در کدام گوشه‌ی کشف‌ناشده‌ی کیهان می‌زییم
که کاشفان کوشای کشتن
هنوز به نتیجه‌ی دست نیافته‌اند

شاید گمان من
کشف جدیدی‌ست
که هرگز ثبت تاریخ نخواهد شد
(این‌جا زیست‌گاه زامبی‌هاست)

۶

شاید رنگین‌کمان را
در آسمان دیگری کوچانده‌اند
شاید به سیه‌چالی

ما با چشمان گنه‌آلود اشک‌پرور خویش
سال‌هاست آسمان را خیره‌ایم
جز کبودی دامن خدا
رنگی در آن جا نمانده است

گویی ستاره‌گان
بچه‌های پاچه‌بلند شب‌گردی بودند
که از شهر شرابیان نورنوش
به خرابه‌های زلزله‌خیز سیاهی سپرده شدند
از هیچ جنبنده‌ی تبعید بعید نیست
از هیچ جنبنده‌ی تبعید بعید نیست
می‌ترسم

می‌ترسم
با من
با زمین

با درختان بارور باور باغ
باران وعده‌ی باریدن خویش را
در زباله‌دانی فردای‌های فریبنده‌ی دور انداخته و
خشک‌سالی کور عینک بینایی‌اش را
زیر سم‌های اسب فراری فرصت‌ها شکسته باشد
شاید شام این شهر دقیقه‌های شوند
که هرگز حرکت را بلد نباشند

۷

امشب آب دیده‌گانم را
میان چشم و دامنم
بخش می‌کنم
و ته مانده‌ترین ریشه‌ی بی‌بارور نیامدنت را
می‌ریزم
بیرون

شاید
معبدیان خداآشنا
برای من عمر دوباره می‌طلبند
تا در انتظار تو پیرش کنم
من اما برابر بارها زنده‌شدن
نبودنت را گریسته‌ام

در چشم من عنکبوتی تار بسته
و گردش دیده‌گانم
بر افق آفتاب غروب کرده‌ی امید

دَور می‌زند
امشب همه‌ی قصه‌ام را
زیر باران
قطره
قطره
ریختم
و آب شدم در کف دستان برگ‌ها

امشب بجای من
مهتاب می‌گریست
و تنهایی خورشید را
به تسلی چشمانم
یاد می‌کرد و
یاد می‌کرد و
یاد می‌کرد

و اما من غصه‌پردازِ بی‌اعتناییم
که از خون خویش
خانه‌ای در زمین خاطرات تو بنا کرده‌ام
که هیچ زلزله‌ای خشتی از آن
کم نمی‌کند

۸

از من گله دارم
که در تجارت بوریا گیر کرده‌ام
و رفیقان کارهای آبرومندی می‌کنند

در دوکان دیگران وجدان به نان قاق
زبان به طول آهن
و شرف را بوری به نرخ کاه جو می‌فروشند

یک کوچه پیش‌تر بروی
تاجران عمامه‌سری می‌بینی
در صندلی‌های ایمان خویش نشسته
و کابل را روی میز قرعه‌کشی جهان گذاشته‌اند

سوگند به سرخی روی کابل
دروغ نمی‌گویم
اگر خواستی بپرس
از دختران کابل
از کفتران پر ریخته‌ی کابل
از خود کابل بپرس

که چگونه در ترازوی خاک‌فروشان طول می‌شود

۹

بره‌ها!
گوسفندان ساده‌ی روستا
هان ای اسیران شبان همسایه‌ی گرگ
شاخ‌ها تان به چه دردی می‌خورد

۱۰

آهای زمان

زمان

کجا روانی

مسیرت کجاست

ببین در بستر پنج‌هزارسال

ثانیه‌ی سر از بالین ناخوشی

نه برداشته‌ایم

درد ما

در کجا می‌شود درمان

داروی بگو

شاید مجال سخنت نیست

اشاره‌ی کن

به زخم‌های مان بگرییم

یا بخندیم

۱۱

عنقای بلند پرواز من
بگو در آسمان‌ها چه می‌گذرد
آیا ز ابرهای بهم‌خورده خبرت است
سیاره‌های گسسته چه
خبرداری شلاق بر پشت آسمان می‌زنند
و از پستان دختران نابالغ ابرها
آب می‌دوشند

چه جفای بزرگی‌ست
وقتی برای خندیدن زمین
شلاق بر پشت آسمان می‌زنند
و از چشم او به نام باران اشکی می‌ریزند

۱۲

لیوان‌ها را خالی نگذارید
صندلی را خالی کنید

تشنه شاعر از پا خسته‌ای
با کوله‌بار کتاب
از راه می‌رسد تا
با شعری شرارت این شهر را شرح دهد

شاید باران را دوباره ببینیم
و دوباره دست بشوییم از اشک

آن‌جا که داد
بیداد می‌زند
رحمتی آمدنی‌ست

۱۳

تصویر تو را

با برگ‌های بید

در شام‌گه غروب‌زا

بر رخ آب

تصور می‌کردم

آن‌سوی ده

که چشمم

تند بر رخسارم مژه انداخت

و اشک با زبان گرگ

حرفش را چنین خاتمه داد

آرام گرسنه گوسفند رها در کویر

خیال علف

کورت خواهد کرد

۱۴

نه برای تو

و نه برای من

برای آواز قلب‌هامان

باید ثانیه‌ی می‌نشستیم

کنارهم

۱۵

آسمان
خبرهای جدیدت چیست
ستاره‌گانت چه
آن‌ها اذیتت نمی‌کنند؟

این‌جا هر شب آدمی از آدمی دل‌خور می‌رود
یکی‌گوید دلش را دزدکی برده‌اند
دیگری نگران قلب خویش و
آن دیگر که از بودن دل خود مطمئن است
خاطرش را چیز دیگری دگرگون می‌کند

به مرغکان هوا نگه کردم
پَر
پَر
می‌زنند

شاخه‌ی برای نشیمن ندارند،
نه!
زمین پر از درختانی‌ست سبز
اما به شاخچه‌ها اعتباری نیست

و همین‌طور آهوگکان
در هیچ صحرای امن نیستند
بگذریم از این‌ها
ماهیان را می‌گویم
کم اسیر قلاب می‌شوند
اما نمی‌دانم چرا نسل آن‌ها کم‌اند
همین دیروز یکی آمد و
گفت
کم‌شدن ماهیان را
به ماهی‌گیر تهمت نزنیم
آن‌ها برای این کم‌اند
که کم‌کم به خوردن یک‌دیگر عادت می‌کنند
من باور نکردم
ماهی که دست ندارد
چطور می‌تواند چاقوی گیرد

ساعتی پیش یکی با عجله
از من خواست به تماشای گرگان بروم
که چه‌ها نمی‌کنند
اما من ساعت کاری‌ام بود

آخر پشت گربه‌گکم نادست کشیده مانده بود
چطور می‌توانستم بروم
از این‌طور خبرها!
راستی آسمان
از چگونه بیدار شدن مان نپرسیدی
شباهنگان چشم به راه خورشیداند
مسئولیت بیداری آدم‌ها
دیگر به‌دوش آنان نیست و
ساعت‌های دیواری به عظمت دیوار چین
که پیر دیوارهای مشرق است
سوگند یاد کرده‌اند
دیگر تک‌تک نگویند
من هر روز با شرفه‌ی افتیدن سیب درخت همسایه بیدار می‌شوم
می‌گویند آن درخت سیب
در مکان نامناسبی غرس شده است
و همسایه قصد برداشتن‌اش را دارد

ریشه‌های آن درخت
مترها در خاک فرو رفته

نکند کمر همسایه در برداشتن‌اش خم بیند

نه!
نه!
کسر کمر همسایه
و طول ریشه‌ی سیب را برای من چه،
چرا این را گفتم
آه چرا می‌گویم

آسمان!
می‌دانی؟
من از خواب دیرینه‌ام می‌ترسم
در دنیایی که ساعت‌ها
دست به گوش منتظر شنیدن صدای بانگ خروسان
و خروسان در انتظار شنیدن تک‌تک ساعت‌ها
گوش بر هر دیواری می‌نهند
چه اعتباری‌ست بر بیداری آدم‌ها
راستی آسمان!

نگفتی

آن‌جا
چه کسی خورشید را بیدار می‌کند

۱۶

کاش آهنی بودم
در کوره‌ی آهن‌گری
تا داسی می‌شدم تیز
در دستان دروگر بی‌رحمی
بر گلوی هر خاری
برای رهایی گلی

۱۷

شرابی چشمانم
من طعم انگورهای تمامی جهان را
از تاکستان دو چشم تو چشیده‌ام
تو از طراوت نورس‌ترین
کشت‌زار آرایش‌یافته‌ی بهار تراویدی
و از خوشبوی‌ترین گلبن کُه‌ساران
با انبوه بادهای برخواسته‌ی وزشگاه عشق
به من رسیدی

در نگاهت
راز دو چشم یک آهو
نوشته است
که تو را وحشیانه دوست
می‌بایست داشت

۱۸

مادر پیر کجکنم

برخیز و

دوباره

بزای شیری

که گرگان تشنه به خون

در دل جنگل

کمین رمه‌های آزادی نشسته‌اند

۱۹

به خاطر می‌سپارمش
دوستش می‌دارم
با یادهایش زندگی می‌کنم
و در کاج بلند آبرویش دست نمی‌زنم
که گلی را ز غنچه‌ی چیدن
توان احساس ناخن پنجه‌ی من نیست

دستش را می‌گیرم
می‌بوسمش
اما نگویمش کژ گذاشته‌ای کلاهت را
که درختان در گزیدن چگونه نمو کردن بی‌اختیارند

او طبیعت بزرگی‌ست
و انبوهی از زیبایی قطعه‌زمینی
و من گردش‌گری
که هنوز دره‌ی از ساحت نافرجام او را نه‌پیموده‌ام

در کنارش می‌نشینم
عطر لباسش را می‌بویم
عکسی می‌گیرم از لبخندش

در اتاق قلبم با قابی از طلا می‌آویزم
که صبح‌گاهان نسیم تازه‌ی برخواسته‌ی آب‌شاران نور
به میل روی او و روبه‌روی خانه‌ی من
انتظار باز شدن پنجره باشند
و هر شام‌گهی با شعری
میهمان لای گیسوی پیچانش شوم
کنار مژه‌هایش بنشینم
چشم در چشم
مثل دو پرنده‌ی بال در بال

می‌پرسم از ماه
نقش گام‌هایش را
از ذره‌دزه زمین پنجشیر
تا آب‌های آمو
و کوچه‌های که آهنگ پاهاش را شنیده‌اند
یک‌به‌یک با ذره‌بینی
پرسه می‌زنم

و گرد خاک پای آن عاشق را
سرمه‌ی چشم می‌کنم
خاک پایش را می‌شناسم
چنانی که می‌فهمم زبانش را

۲۰

هان ای دختران همواره محکوم تاریخ!
آن‌سوی ظهور
زنده به‌گور می‌شدید
و این‌سویش
مُرده به‌گور

عده‌ی کمی طبیعی
به گور می‌روید

قاتل شما
ما دانایانی استیم
که خدا را در نادان‌گذاشتن شما عبادت می‌کنیم
هر یکی خون بیش‌تری از شما بریزد
زودتر می‌رسد به خدا

نعش هر دختری
دانه‌ی تسبیحی‌ست
در دست ما خداگویان آشنا با قلم
ما دروغ‌گویان تساوی‌نویس

فقط روی ورق‌ها می‌نویسیم
حقوق نری با ماده‌ی مساوی‌ست
آن هم در آرزوی پستان و
لب‌های شماها،
فقط روی ورق
ورق‌ها پشت و پناه تان باد

۲۱

خموش نه‌می‌توانی
کودک لجوج بی‌حوصله‌ی را
از خواستن خواستنی‌هاش
لحظه‌ی که اشک نیمی از دامنش را برده باشد

آرام نه‌می‌توانی
عاشق جان‌سیر آمده‌ی را
از داشتن معشوقی
هنگامی هوای عشق‌بازی در سر دارد

چونان طفل بی‌حوصله‌ای
عاشقم کرده
نه‌می‌توانی‌ام آرام
نه‌می‌توانی‌ام خاموش
ساعتی که از فرط دیوانگی
روی تمام داشتنی‌ها یدک می‌کشم
و با گریه‌ی محسور
می‌گویم
دوباره برایم بدهیداش
آن گیسوبلند سرواندام را می‌گویم

۲۲

دریا موج‌وار برایم قصه‌ات می‌کرد
و آسمان ستاره‌گانش را
گواه فرستاده بود
تا آنچه از زیبایی تو می‌گویند
کم نکرده باشم

ای قطره‌ی افتیده از چشم خدا
تو به اندازه‌ی خودت زیبایی
شاید تو را بادهای مسافر شده‌ی طور سینا
در کف برگ‌های نسترن
برای من آورده‌اند
تا عمری
شمیم تو را
پروانه‌وار ببویم

۲۳

روح من پرنده‌ی‌ست در شاخسار درخت تنومند آزادی موسیقی رپ

می‌خواند

و بی‌هیچ نواری در بی‌آهنگی زمان دیوانه دیوانه می‌رقصد

پرنده‌ی من هزار تیر در بغل خورده و

اما یکی هم از آن تیر نیاورده بیرون

۲۴

از هیچ ستاره‌ی نپرسیدی
من با چشمان تو چه پیوندی دارم
شاید فاصله‌ی میان من و تو
همین آسمان کوچک است
و دیگر هیچ

اندکی بیا پیش
و کهکشان تنهایی من را
لگدکوب دوستت دارم‌های خود کن

ستاره‌گان کنار چشمم

هنوز کوچه‌نشین آمدآمد تو اند

و هر روز برای بدرقه‌ات

ترانه‌ی تازه‌ی می‌سرایند

و با حنجره‌ی کوچه‌های ده

می‌خوانندش

می‌خوانندش و

می‌خوانندش

و تازه

تازه

می‌سرایند

درختان ده

آمدنت را شک بر شده

هریکی با پنجه‌های خود برگی از اندام خویش

برای فرش قدم‌های تو می‌چینند

و گل‌های نیم‌شکفته‌ی باغ

بی‌نوبت و بی‌قرار

علاقه‌ی ریختن پیش پای تو را دارند

مرغان سیاح دشت‌های دور

که هنوز

لطیفه‌ی آمدنت را بی‌خبراند
سفر به تعویق انداخته
به تماشای ده نشسته
حیران می‌بینند
که درختان به چه مناسبتی برگ می‌ریزند
تا پر در رقص نیایش تو
عاشقانه بریزند

بیا و درختان را
آبرویی شو نزد مرغان

۲۵

چه می‌باری

ای اشک

من این جسم پوسیده را

به کدامین خاک دفن کنم

و روح سرگردانم را

به کدامین آسمان هدیه دهم

خاطره‌ها را به چه طوفانی بسپارم

چه اندازه یخ می‌بندی

ای آه

تا کجا می‌چکی

ای خون

چه دریایی برای جاری شدن

طرح کرده‌ای

چقدر می‌لرزی

ای تن

ای زبان

چه چیز شیرین‌تر از مرگ تُست

و چه چیز تلخ‌تر از بی‌آبرویی تو

کوه‌هات را ذوب می‌کنند
صخره‌هات را می‌ریزند
هموار می‌شوی
و از تو میدانی می‌سازند
و عمری اسب‌های عواقب بدی‌های خویش
در پهنه‌ی آن خواهند تاخت

ای چشم کور
ای گوش کر
ای دست سبک
و ای جان
ریختن برگ‌ها حتمی‌ست
اما سبز باید ریخت

۲۶

شب رسید ماهیان عزیز
اندکی بال و پر نزنید
می‌رساند
زیان زیان زیان
این شناها
تماشا را،
آب آیینه‌ی ماه است

٢٧

دو چشم ره دوخته‌ی من!

بیا رویم

که خانه‌ی انتظار فرسود

در این خرابه نیاید

به جز خراب شده‌ای

۲۸

آیینه‌ی من!

تو با دریا

فرسنگ‌ها فاصله داری

او در شب‌ها کنار ماه

و تو در روشنی‌ها با منی

۲۹

خاک پیامی دارد
استخوان‌های مرده‌ها
گواه‌تر از آن
روح در ته آب ترازوی محشر
نام در زبان‌های مردم
و تنها جسم است
که نیست

٣٠

ای عصر بی‌وقاری آدم تمام شو

ای مهر پر شتاب

ای عشق سر به کف

ای بامداد سرنوشت تقاضای مردمان

برخیز تازه شو

از نو پیاده شو

با هرچه حلقه‌ی زنجیر، برستیز

با هرچه ریشه‌ی کین است برکنش

از رنگ و بوی بهاران نو به نو

از جلگه‌ی شقایق نو رسته رنگ رنگ

گل‌دان‌های باور ما را

بپیچ برگ

ای خون مشترک

باشد دماغ کودک دل را اثر کنی
تا پا به پای نور و
نسیم و
شکوفه‌ها

یارانه بگذریم
دوستانه سر نهیم

۳۱

به سنگ‌ها عادت کن
نرمی نمی‌دانند
نمی‌خواهند خاک باشند

به سنگ‌ها عادت کن
در پیش پای آدمان می‌نشینند
سرها را دوست دارند

به سنگ‌ها عادت کن
جدی‌تر از آهن
شکسته می‌شوند
مگر خم نه

به سنگ‌ها عادت کن
میان شان اتفاق عجیبی‌ست
سیاه باشند یا سفید
زرد یا کبود
باز سنگ می‌مانند

به سنگ‌ها عادت کن
آشنایان دستی اند
که برای پرتاب شان بی‌دریغ باشد
به سنگ‌ها عادت کن
ذره‌ذره هم شوند
نام شان سنگ است

عادت کن
سنگ‌ها در گرده‌های آدم خانه می‌کنند

۳۲

بامداد را با آواز پرنده‌ی

آغاز می‌کردم

که از دامنه‌های بلند ده

آب شاروار رو به رودخانه‌ی روستای من می‌پرید

تا دیدار شاعری کند

و من خواب را با آهنگ گنجشکی

خراب می‌کردم

که کمپوزش را خدا ساخته بود

عاشقانه‌ترین صبح

آنی‌ست با بانگ برهنه‌ی چکاوکی

بیدار شوی

که در نهایت دیوانگی صدا می‌زند

برخیز

برخیز

و باز می‌گوید
برخیز
هم‌سان مادری که کودکش را
با نوازش و بوسه از خواب برمی‌خیزاند

واخا چه آواز دل‌نشینی داشت
آن مطرب خودآموخته‌ی پُر از پَرهای زرد
و من دیوانه‌ی نواختن سَحرانه‌ی سِحرآمیز او بودم

صبح‌هنگام بر شاخ بید لرزان
و جوی‌باری که از آب‌شاری می‌ریخت
میان باغی
آن‌سوی پنجره‌ی اطاقی
که میانش تابلوهای نقاشی من می‌رقصیدند
می‌نشست،
کوکوکنان گویش علف‌ها را
عاشقانه
عاشقانه
با زبان مادری‌ام برایم برگردانی می‌نمود
میان ما کوچه‌ی کوتاهی فاصله بود
می‌توانستم

رگ‌رگ چشمان سرمه‌ی آن پرنده را ببینم

از نجوای لطیف شکفتن نرگس می‌سرود
و از لمس رویش باران

و با بته‌های کوه‌زاد آشنای داشت
آهنگ سنگ را می‌دانست
در ته هر پر
نشانی از ناشناخته‌ترین ماده‌ی دنیا
رنگ بسته‌بود
نه زرد
نه طلایی
نه پاییزی

با چه شبیه‌اش می‌کنی
وقتی اسم رنگی را ندانی و ندیده باشی
من اما می‌خوانمش پاییزی
چونان طفل نوزبانی که از ناآشنایی رنگ‌ها
بنفش را سرخ می‌گوید

داغا که دوری آوازش

هنوز سینه‌ی من و

سحر و

درخت بید را

بار بار

می‌سوزد و می‌سوزد

دیریست قصه‌ی علف‌ها،

بته‌های کوهی،

سرود آب‌شار

و بوسه‌های مادرم را

کسی برایم نمی‌گوید

آری تلخ است آغاز بی‌آواز،

قصه‌ی نشناختن رنگ و مرگ پاییز،

صحن خالی باغ،

و آن زردچه زاغکی

که با فریاد گلوله‌ی تفنگی

پیچاپیچ غنچه‌های پاشان‌شده‌ی درخت بید

مرگ را در ساحت هوا

با بال شکسته تجربه می‌کرد

و من بیداری را بار دیگر

در سوگ آهنگ گنجشکی

به بازار تیره‌ی شب‌های بی‌سحر
ارزان
ارزان
و ازران
فروختم و

هنوز
می‌فروشم
می‌فروشم و
می‌فروشم

تا خواب را دوباره آباد کنم
و بی‌گمان مرگ دوستی باشم
که آمده بود بیدارم کند
خودش خوابید در بستر مرگ
و سر سفره‌ی همسایه‌ی یک‌شکم نانی شد
که نفرین می‌کرد شکار را

۳۳

بودای من
به یاد دارم تو را و
مرگ تو را
و درد خویش را
شام‌گاهی
که رادیویی نابودی‌ات را
اعلان کرد
(تو دهی بت بامیان را تکه‌تکه کردند)

من آن زمان شاعر نبودم
تا برایت بیتی
مرثیه‌ای
یا چیزی‌که دلم را آرام می‌نمود
می‌گفتم
اما جانم ذره‌ذره با آجرهای کنده‌شده از تن تو
پیش چشمانم ریخت
گرچه حالا هم شک دارم باشم شاعر
اما می‌توانم برایت

واژه‌گانی

از دیده‌گانم
ژاله‌ژاله ببارم
وقتی تو شکستی
عشق لرزید
رویاها تکان خورد
احساس، انگشت زیر دندان ابدیت فشرد
و من باغ باغ برگ شدم
در چنگال پاییز
تا کوچه‌های رنگ‌زردی تو را
پنجاه‌عمر اندوه‌گین
قدم بزنم

بودای دوست داشتنی‌ام
دوست داشتم شبی در کنار تو
مهتاب را به تماشا بنشینم
اما کورهای تبر دار
کناری برای تو نمانده‌اند
تا من در آن لحظه‌ی بیاسایم

ای ناجور تاریخ

دردار افتیده در بستر پنج هزار سال
هیچ طبیبی نسخه دوای برای تو ننوشت
پاهایت را در کدام ماین کنار جاده از دست داده‌ای؟
معیوبی‌ات بس نبود
که تن تناور تو را ترکنانده
و روح تو را شاد گرداندند
جایت بهشت باد
و مکان کشنده‌گانت دوزخ
پس از بی‌پایی
راه رفتی بر دل دوهزار آدم عاشق
اما وقتی فرو ریختی
میلیون انسان را در سینه می‌تپی

بودای من
تو تنها درد دیده‌ی این دهر نه‌ای
سرنوشت گنجینه‌ی باختر در بلخ نیز تلخ است
این روزها خبرهای مرگ منار جام را در غور
از رادویی دولتی
روی موج بی‌عدالتی

نیزخواهیم شنید
و صدای نفس‌های منار

چنان‌تند خواهد زد
که در گوش سنگین تاریخ خواهد رسید
و غور چو بامیانی که برای تو می‌گریست
برای منار جام خواهد گریست
من نیز برای هزارمین‌بار
بر عزای بلند قامت دیگری خواهم گریست
بودای من
بادها پشت و پناه گردهایت
هرکجا ذره‌ی از تو رسد
بودای آن‌جا رسیده است
و یک بامیان

بامیان
ای همیشه با من
شاید در تو زاده نشده‌ام
اما تو برایم پنجشیرترین زمین روی دنیایی

۳۴

زبان من!

سفیر دل‌های آدم

تو را این روزها

در ردیف چهارده زبان علمی جهان قرار داده‌اند

می‌دانم نگرانی

و واژه‌هایت چه دل‌تنگ

اما شاد باش

که پسرانت

حافظ و فردوسی دعاگوی تو اند

ابو ریحان گرچه بیرون‌ست
هرگز فراموشت نکرده
و مولانای ابد
هنوز
با تمام پاکی امامت
معبد تو را می‌نماید

پسرانت را
پسرهای‌ست

و پسران پسر پسرانت را
نوادگانی
که هزارها پسر در بغل دارند

زبان من
من را بشناس
من نواده‌ی پسری پسران پسرهای توام

زبان من!
ای پارسی
پاسبان سرنوشت معلوم خراسان

هیچ گوشه‌ی زمین از تو خالی نیست
آخرین تربیت یافته‌ی دست خدا
ای حوصله‌ی ناتمام
خوشبختی‌های جهان

اندوهت اندوه‌گین باد
غمت چیست
وقتی دری بسوی دری گشوده و
تاج سری داری
به زیبایی تاجیک

۳۵

آنگه که عشق

مهاجر شهر گم‌نامی بود
انتظار من از کرانه‌ی سرد هستی
سر می‌رفت
تا به پایان یک آغازی ناشروع شده‌ی برسم

من دیرین سیارهی را دیدم
از کنار زمین
لرز لرزان رد می‌شد
و چراغ نیم‌جان خویش را
بر پشت خمیده‌ی خود
چو طفلی که پارچه‌نان نیم‌جویده‌اش را
از گربه‌ی نهان می‌کند، پنهان می‌نمود
تا ستاره‌خواران زمین
لقمه‌ی خام‌اش نکنند

من از عبور ستارهی
دانستم
منفوری زمین بی‌عشق را

۳۶

سلام پرنده جان
بر بالت چه اندازه پر بافته‌ای
آن‌سو سنگ می‌زنند
ره‌گذران را
آن‌سوتر تفنگ

پرنده جان
پرهات بیش از عمرت می‌بایست بود
تا ساعتی در این کمین‌گهی
به‌نام زمین
زندگی کنی

پرنده جان
پناه ببر به پر، بپر

۳۷

با نوای مرغ دل
در دل سپیده‌دم
از گهواره‌ی چشمم کودک اشکی برخاست
که هر روز
تاری از سر زلف عمرم سفید می‌نمود

آسمان بلند قلبم
چون چتر گیر در باد
می‌لرزد
و با برق تند خویش
شلاق حسرت بر تنم می‌کوبد و
می‌کوبد و
می‌کوبد

۳۸

در زمینی زاده شدم
بافته‌شده از خاک پوک
میانش مورچه‌گان دانش‌آموخته
آدمانش شاعرانی که شعرهای شان شرر
و نویسندگانی
که واژه‌های معصوم را سنگ می‌سازند
بر سرهای برادران تنی خویش می‌کوبند

وای ای قلم
ای سفید کاغذ مانده در سیاهی
درختی کشیده در لای تو نقاش
سایه‌هاش وهم
میوه‌هاش ممنوع
برگ‌هاش گزنده
دهقانش مار
و باغی
که آبش می‌دهند با اشک
مرغانش فراری
و خون تاک‌هاش مباح

٣٩

کابل

ای کابل کبیر

گمنام‌ترین مسافر بی‌توشه‌ی زمین

فریادهای تلخ

وامانده از قبیله‌ی پروازهای دور

پر دردترین نگاره‌ی هرسو به زیر سنگ

ای زخم جنگ

خونت چگونه ریخت؟

ای فرش مردمان لگد خیس سنگ دست

دیدم که شعله بر سر رخسار سرخ تو

با ساز کینه‌ی دزدان به رقص است

ای کودک یتیم

کابل تویی؟

آیا تویی که پای خود از ما کشیده‌ای

دل‌گیر گشتی‌ای

جز غم ندیده‌ای

نفرین به سینه‌ای

که میانش غم تو نیست

باید که خاک گشت و

در آغوش تو گریست

تا درد بی‌دوای تو را اندکی چشید

باید چشید

باید گریست

۴۰

یاد آهنگر بخیر
که از درون سینه‌ی داغش
شعرهای آهنین می‌سرود
و من ترانه‌ی شعله‌ورش را
با تارهای گیسوی آفتاب
می‌نواختم

هر باری تنگ می‌شد دلم
می‌گفتم: بساز!
می‌گفت: چه؟
می‌گفتم داس
که می‌دروم غصه‌های از حد رسیده‌ام را

می‌گفتم بساز
می‌گفت چه
می‌گفتم تبر
که می‌بُرم ریشه‌ی دراز رسیده‌ی اندوهم را

می‌گفتم بساز
می‌گفت چه
می‌گفتم انبُر
که پای هرچه غم از دلم می‌کَشم
و او می‌ساخت
با من
با زمانه
با آتش

۴۱

توده‌ی آویخته بر دار

عده‌ی بند زنجیر

شماری به تبعید وادار

و کسانی به خندیدن این جمع مکلف

تا نباشد ز میان چرا گویی

آخ چه سنگین جرمی‌ست

گفتن چرا

۴۲

صدایش نیاز شده باشد
بشنوی
آه غش غش گنجشک‌ها
نگذارد

درختان!
شما باید جای دوری
سبز می‌شدید
و باران
پس از صدای او می‌بایست می‌باریدی

۴۳

اَریج یاری با وزش اَریاح می‌آمد
اما اُریب رهی که سوی من می‌وزید
حالیا بی‌بوی او نا اَریشم
آری نا اریبم
لبانم خشک و نوایم خامُش
چیزی بریز برای من
نه ز انگور
از اِریغارون
یا ز تریاق
نه در جام
در اِرُیگاتور
که من نیستم لایق تخلی می و
شیرینی مستی

۴۴

در فرش پر از عمر
بی‌خبر از رنگ‌های چونانی
آندم که ساقی به لطف همسایه‌مان بود
جز حرف شباب چیزی از پیری یاد نمی‌شد
تا آن دم من نه بلکه شراب من را می‌خورد
می‌پنداشتم کتاب می‌نوشم
اما بی‌خبر از...

۴۵

اگر جایز می‌بود
به گل‌های بهاری
یاد می‌کردم
که یک‌یک بوی
مشک بیز تو را می‌دهند،

سوگند را می‌گویم

۴۶

به یاد آن خونینه‌ی بی‌برگشت

از دشت رویید
با دریای بزرگی آبیاری شد
و بر دور درخت تنومندی پیچید
که ریشه در ژرفای کوهی
در امتداد هندوکش دارد

۴۷

خدا را دل من
کمی آهسته خون شو
تو شمعی نداری
که پروانه باشی

۴۸

من نقاشم

مثل رنگینی رنگ نقش خویش

تابلوی فکر آزاد خود هستم

دشت نقاشی می‌کنم

کاروان نور رویش می‌گذارم بی‌جهت

بی‌خداحافظ سفر در پیش می‌گیرم

مهر نقاشی می‌کنم

می‌بَرم در شهر

در بازار و

در پس‌کوچه‌ها

می‌فروشانم به هر مردی

که دستانش تهی از خوبی است

تار نقاشی می‌کنم

می‌نوازم ساز آهنگ بشر را

ساز آزادی به گوش برده‌گان بومی باور شکست

بال نقاشی می‌کنم

پینه در بازوی طاووسی

که زخمی‌ست

می‌زنم

میله‌ها را دور می‌سازم ز هم

باید از پرواز تابلوی بسازیم روی دیوارها بیاوزیم

خاک نقاشی می‌کنم

می‌گذارم در کف جان

روی قلبم

در ته گاو صندوق ایمان خویش

دست هر خودرای باید

بی‌خبر باشد ز لمس خاک من

خاک‌ها هرگز فروشی نیستند

آب نقاشی می‌کنم

می‌پاشم اش در قلب آتش‌های صحرا

تا شکست شعله را

مرغان حیران بیابانی ببیند،

جیک جیک بیهوده است

پر به پروازیدن و

منقار به فریاد فلک‌رس آشنا باید نمود

چشم نقاشی می‌کنم
هدیه بر کوران مادرزاد

از عصا چیزی نمی‌گویم
متکی بودن نباید جز نقش ما شود
فکر نقاشی می‌کنم
راحتش می‌مانم و می‌خوانمش سوی بیابان
سوی دریا
سوی خورشید
پهلوی هنر

ماه نقاشی می‌کنم
می‌دهم با دست شب در نیمه‌شب
آن شبی کز ظلمت خود می‌گریزد سوی نور
تا به بیداری رساند چشم نابینای خویش

راه نقاشی می‌کنم
می‌سپارم پیش پای آن پرستوهای دل‌تنگ
خسته از آوار جنگ
خط خطی می‌سازم اذهان درختان کهن را
آن درختانی که رفتن را نرفتن

عشق نقاشی می‌کنم

می‌نویسم نام او را
شهوت پروانه‌های خفته در آغوش شمع
با نفس‌های برهنه،
نقش من نقاشی است در زندگی

۴۹

هان ای تاریخ ریخته از دماغ دایناسورها
هان ای زمان زنگ‌زده‌ی عصر آهن
و هان ای پشت‌واره‌ی پاشیده از پشت پاندا
به آتش من نگاه کنید
به آتش من دست ببرید
حس کنید از آتش من جهنم را
آب‌های جمع‌شده‌ی داغ اقیانوس را
آب‌های خلیج فارس را
من در سوختن خویش مدال نوبل گرفته‌ام
و آسمان در ستایش من
ستاره‌ای از دامن مادرکلانش
برایم گُل‌زده است

در لحظه‌ی بی‌زمانی با تمامی درختان جنگل حرف زدم

برگ می‌ریزد از دهانم

با مرغان هوا پریدم

گریستم به بی‌بالی بشر

و آوازم را شستم در سیل چشمان دلم

هان ای پتیاره‌خفته در پستوی هستی

هان ای ریخته‌تاریخ تلخ تاره در ترازوی بی‌وزن خاک فروشان

آتش من سوزنده است

آتش من آب را می‌سوزاند

آتش من جهنم بهشتیان است

من در آتش خویش آشیانی دارم به وسعت دوزخ

۵۰

من سی و پنج میلیون آدمی بودم
که دو هزار و پنجصد-تن خویش را در شهری به نام هریوا از دست دادم
و هزارهای من غرق بحر بی‌رحم یونان
صدهای دیگرم آواره در سرزمین‌های ناشناخته
چندتن دیگرم با من در اندوه گم‌شده‌های مان خون می‌خوریم

۵۱

در اندیشه‌ی مار

جز گزیدن نیست و

در اندیشه‌ی خار جز خلیدن

۵۲

به وجد که می‌آیم
لیوان وجدانم برای صدمین‌بار سرد می‌شود
بی‌آنکه جرعه‌ی از آن نوشیده باشم

۵۳

آب می‌نوشم، سنگ در سینه می‌بندم

راه می‌روم در کویر

زبانم را نمی‌فروشم

۵۴

هان ای مرغ اندیشه وای تو
دیدی آخر دین را قفسی ساختند

۵۵

هان ای آدم خاکی!
تو گر ز سنگ تراش شده بودی
جهان چه جهنمی بود
با خاک که این‌همه رنگ دوزخ داری

۵۶

زرمندگاه من
آسوده سر نهی به تواضع ولی به زور و جنگ
سر می‌دهی و سنگر نمی‌دهی

در هر شبی که سیاهی کند قیام
از چشم تند تو تنویر می‌دمد
بیدار و با وقار
ایستاده‌ی که ماه سلامت گذر کند
از کوچه‌های تیره‌ی ظلمت چشیده‌ها

ای نام‌ور زمین
هنگام بی‌زبانی و تبعید اعتراض
فریاد آب‌های تو در گوش می‌رسد
باید غرور کرد و خروشید و سرکشید
یعنی که مرد بود و به آتش نه‌تن سپرد

پنج شیر تا تویی

عزت نه‌رفتنی‌ست

همت نه‌خفتنی‌ست

هر درّه‌ات نشانه‌ی عمر گران تست

دانش سپاه تست

فرمان از آن تست

چون در صحیفه‌ی تاریخ باستان

با خون سرخ جوانان نوشته‌ای

آزادگی به قیمت جان می‌خرم تو را

آری خریده‌ای

این قیمتی‌ترین قداست آدم‌شناسه را

رزمندگاه من

در ملک خامشان

آن‌جا که عشق حرمت خود را شکسته دید

با چهره‌ی غمین

افسرده چون یتیم

در سوگ پاره‌های تن خویش می‌گریست

آن‌جا که اژدهای سترگی خزیده بود
تا ره‌سپار خطه‌ی فرهنگ ما شود
پیدا شدی چو شیر
با همت بلند
با هیبت کهن

در جنگ زوزه‌ی مست ستیزجو
تا قطره‌قطره خون
تا انتهای جان

٥٧

سخن از مرز نزن این‌جا

که در صحرای درویشان

حدود عشق تعیین نیست

۵۸

چو یعقوب در رکابِ یوسفِ گم گشته، سرگردان

گهی مصرم

گهی کنعان

گهی درگیر با گرگان

۵۹

تنها شدم

تنها شدم

تنها بیا با من نشین

تو مثل جنگل

مثل باغ

من مرغک

بی‌آشیان بی‌همنشین

گیر کرده‌ام

من مثل ماهی در قلاب

دریای من سویم ببین

پرپر پرم شد ریختم

آویخم
بر دام عشق
صیاد من رحمی گزین
سوزد دلم
جانم
سرم
دستم
تمام پیکرم
گم گشته‌ام
در دشت چشم آتشین

۶۰

من امشب دختری دیدم
که چادر بسته بود بر چیدن درداش
و جام حیرت آیینه را
با چهره‌ی افسرده می‌نوشید

من امشب دختری دیدم
که از شاخ درخت مهربانی‌ها
جفا می‌چید و شرح زندگی را
غنچه‌ی بی‌حاصل بی‌برگ می‌دانست

من امشب دختری دیدم

که سوز سازگاری از میان سینه بیرون ریخت
و صحرا ره گرفت و با شن ته‌مانده‌ی در چنگ باد افتید
نمی‌دانم ورا امشب چه‌ها افتید

من امشب دختری دیدم
که رویای قشنگش را
به تار خام ناکامی گره می‌زد
و دل دریا به دریا تا به دریاهای غم می‌داد

من امشب دختری دیدم
که می‌فهمید صدای دل شکستن سخت سنگین است
صدای ناله غمگین است
و اسب بخت هر دل‌باخته بی‌زین است

من امشب دختری دیدم
که از بالین لبخندش
به‌سوی کهکشان کهنه‌ی اندوه
سفر می‌رفت
که نام دیگرش(عشق) است

من امشب دختری دیدم

که چون خنیاگر شب‌گرد
میان ماه می‌رقصید و
زنگ غصه با پای گنه مستانه می‌کوبید،

دلش لبریز از دریای آواز « کی استم » بود
به برگردانی گفتار او
موجی سخن می‌راند

صدایش را قناری‌ها نقاشی می‌نمودند
روی دیوار زمان
با برس نورآلود

۶۱

بنال دریا

هر دو غصه‌مندیم

تو از سنگ‌ها و

من از سنگ‌دلی‌ها

بلندی‌های موج سرکش تو

شبیه چشم طوفان‌زای مستم

تو را موجی

نشان اشک‌ریختن

مرا اشکی

نشان موج‌داشتن

چو ابر ژاله‌زایش،

دیده‌ی من

ندارد جز پریشانی نشانی

نه پاییزم

با برگی بریزم

نه لبریزم

ریزم تا

گریزم

۶۲

شاخه به شاخه

باغ به باغ

غنچه به غنچه

برگ به برگ

لاله به لاله

صحن به صحن

صخره به صخره

کوه به کوه

دخت پرنده خو بگو

تا به کجا روم چنین

۶۳

تو دیگر نیستی

با من

من اما لحظه‌ی بی‌تو

در این تنهاگه تاری

سر از خاک کف پایت نبردارم

۶۴

خانه‌ی چشم تو را
مهمانم
جز نگه هیچ نیاری
به سر سفره‌ی خویش

۶۵

چه خوشنود بود

آن روحی

به زیر دار می‌خندید و

با مشت وطن‌خواهی

به روی توده‌ی بیمار می‌کوبید

که صدبار دگر

مادر مرا در پهنه‌ی این خاک آرد بار

و صدبار دیگر بر حلقه‌ی این دار آویزید

خسی از شاخ باغ سرو آزادم

نخواهید بُرد

از دستم

۶۶

چه خونی تو چکاندی

که چکید از لبه‌ی چشم هزار آدم عاشق،

و در آهن اثر کرد و دل سنگ بسایید و سر ساعقه آورد به درد و کمر

کاج خمانید و خدا را

نگران ساخت

چه عشقی تو فشاندی ز تن ای نرگس نو رس

که صدساله ره کوه تجمل به دو-سه ثانیه پیمود

چه کردی تو در این قرن قوانین‌شده‌رسوا

که به رویشِ دل خوش نشان داد نشان ریشه‌ی قانون رهایی

چه فریاد بلندی تو کشیدی

که سرتاسر گردون به گردش شد و

گردید گواه‌نامه‌ی تاریخ

چه خوب آمدی از پیکر تنگ و

قفس سینه تو بیرون

چه زیبا تو در این ساحت جاوید پر از نور نشستی

۶۷

های دیرین ریشه‌ها
آریایی‌های خورشید بر دهن
از فراز ماه بر شب خیره‌اید
در نگاه‌ها تان قشنگ‌ست رودبار دره‌ها؟
ساز آهنگ‌ست به‌گوش جان تان این گریه‌ها
روی پر چین‌وچروک این زمین
کی شود از دور تماشا
اندکی نزدیک‌تر

های طوفان‌ران پیر آریایی

کیست می‌راند فلک را

این چنین تند و

شتاب و

بی‌جهت

چرخ فرمان زمان

در دست لرزان کدامین ناخداست

ساقیان روشنی‌ریز سبک‌دست

درب آن میخانه‌های مستی‌افزا را کی را کی بست

زهر در جام بلورین شماها ریختند

مرگ می‌نوشیم ما شراب

آهنین‌فکران فردادوش دوشادوش نور

پرچم فانوس ما

بر شانه‌های دیو خونین‌لب چرا

کیست دوران‌دار دارادل در این دوران درد

کی شود از دور تماشا

اندکی نزدیک‌تر

زیر یوغ ننگ تاریخ رفته گردن‌های بالابین تان

خیمه‌زد جیش سیه در ساحل دریای آرام خزر

نمی‌شود سوی چراغ روشنی‌آور گذر

دجله را با خون ماهی‌های زیبا بسته دَر

از فرات، راهی به‌سوی هیچ‌سویی می‌رود

کی شود از دور تماشا

اندکی نزدیک‌تر

آریایی‌های هالوهوش قرن

ای هلالوشان فریادآفرین

اندکی نزدیک‌تر

۶۸

"تفنگت را زمین بگذار" این شعر بلند فریدون مشیری با صدای سنگین شجریان شوری در عالم روشن‌دلان فکنده است و کم‌تر فارسی زبانی آن آهنگ وزین را نشنیده و آن‌شعر را نخوانده باشد شاید اما من در پاسخ به شعر فریدون مشیری در همان قالب چنین نوشتم:

تفنگت را زمین نگذار

که نتوانی تو با آهن

به نرمی زبان گفتار

تفنگ در شانه‌ات یعنی زبان داد با بیداد

دلی لبریز از مهر تو نیست این‌جا

تو ای با دشمنانت دوست!

اگرچند این زبان آتش و آهن

زبان خشم و خون ریزی‌ست

زبان قهر چنگیزی‌ست

نه اما هیچ‌کس این‌جا زبان دل نمی‌فهمد

اگر خواهی بفهمانی زبانت را

سخن‌گو با زبان آتشین قهر چنگیزی

سخن با خشم و خون‌ریزی
نیا ننشین، نگو، نشنو سخن، ناید
فروغ آدمیت، دَر قلب تو نگشاید

برادر ای که می‌گویی تفنگت را زمین‌بگذار
نمی‌فهمد زبان دل دردِ خون‌خوار
تفنگت را زمین‌نگذار
که از وجدان بیدار تو
احساس و غرورت را برون آرد

تو با آنی که جز با خون نمی‌گوید سخن با تو چه می‌گویی
حق خود را چه از نزد ستم با لطف می‌خواهی

برادر این برادر را نه‌منت دار
کسی این‌جا نمی‌گوید سخن با تو برادروار

بلی جان برادر! حق با من است اما
چه باید گفت به انسانی که انسان نیست و
جز کشتن نمی‌داند سخن‌گفتن
نشان خون صدنرگس عیان دارد در دامن

و می‌گوید سخن با لهجه‌ی آهن
چه گویم با چنین دیو دهن‌مُردار

برادر ای که حق با تُست
اگر دیدی هزار بار دیگر مشت ستم‌گستر
اگر وجدانت از زجر عذاب ننگ شد بیدار
بگیر آهن، زبان را از دهن بردار
تفنگ را نیز زمین‌نگذار

۶۹

زنی در شعر من

مستانه می‌رقصد

زن مستی

زن دیوانه‌ی جان در کف عاشق

که از آزادگی دیگر نمی‌ترسد

و با خشم عجیبی می‌رود

دنبال سهم زن‌شدن‌هایش

دو چشم عاشق یک زن

درون شعر من دارد به دنیا می‌دهد پاسخ

که دیگر سر نمی‌آرد فرو

در پیش هر پشمینه‌تن‌تندیس

زنی آنک
قشونی دارد از آهن
دهانی هم‌صدا
با موج با دریا
گلوی همسفر با ابر با باران
تنی از آجر و فولاد
شکوهش آسمان

آوازش آذرخش
زمان را می‌زند محکم گره در گوشه‌ی چادر
که با دندان هیچ‌آهنگری بازش نخواهی کرد

زنی در شعر من آزاد می‌خندد
می‌گوید
نمی‌خواهم که برگردم عقب در بستر تکلیف نادانی
و با خشت خشونت بار دیگر
خانه‌ی آن‌سوی شب سازم

زنی در لوح دنیا می‌نویسد
نه بر تبعیض!
چرا از دختری‌هایم دو پای باور و

ایمان تان لرزید
چرا دروازه‌ی تقوای تان با تق تق بوت زنی وا شد

شما میراث بر دین‌اید اگر
در میله‌های ذهن خود شاید مسلمانید
ولی هرگز نه انسانید
شیادید
شیطانید

زنی را می‌شناسم
می‌شناسد قبله‌ی خود را
خدایش را
پس‌انداز کرده در دستش دو فردا را
دو خورشید را
یکی بر دختر و
دیگر برای دختران دخترش شاید

زنی در شعر من دارد دلی چون کوه
سری چون کاج
ایمانی برابر با پیامبر

پیامی در زبان جاری

زنی در شعر من سر می‌سپارد سنگرش را نی
کمانی دارد از دانش
زبانی دارد از آتش
نشان تیر تند او خطا هرگز نخواهد رفت

زنی در شعر من دارد قلندروار می‌گردد
به گرد کهکشان بی‌باک

و از پستان خورشید نور می‌دوشد
زنی در شعر من با شعله می‌شوید لباس مغز اجداد و
نیاکانش
زن ظلمت‌ستیز روشنی‌افکن

زنی را می‌شناسم
می‌شناسد خویش را
خورشید را

۷۰

بگو پنجشیر

بگو زخمی به این ناسوری

در جسم تو از تیغ کدامین دیو بدجنس است

چه شیادی شرف شاریده بر شان تو شلاق شرر کوبید

چرا زهری میان ساغر مستانگی‌های تو آمیختند

و دستان سخامند تو در زنجیر جبر ناکسان بستند

دلت را نیز آزردند

ولی بیهوده و

بیهوده و

بیهوده کوشیدند

ایا خرم‌ترین

آرام‌ترین منزل‌گه تنها

رها

بی‌سرپناه

در سرد سرد سردسالی‌ها

مگر کوه‌گونه سنگینی و پا برجا

بگو ای دره‌ی درد دیده‌ی پنج‌شیر

ایا ای شیر

کی با تیز پنجه‌های سخت‌گیرای تو بازی کرد

کی بر شاخ بلند آبرویت دست‌درازی کرد

بگو ای سرزمین سوگوار من

نشیمن‌گاه والاوارثان فارس

ایا آهن‌نفس

ای سخت‌سر سنگر

بگو از درد خویش

از زخم خویش

آی ای رفیقم، کجکنم، خاکم، پنجشیرم

که نیز من زخم ناسوری ز صدسو خورده‌ام اما

چو سرو ایستاده‌ام آزاد

با شمشاد

تو نیز ایستاده شو

فریاد کن

فریاد کن

فریاد

صدای سی‌وپنج میلیون مسلمان از گلوگاهِ تو می‌خیزد

و اشک تیره‌ی هفت آسمان از چشم تاریخ تو می‌ریزد

ای اندر سینه‌ات صد ره به‌سوی خلوت خلد خداوندی

سخن می‌گوید و شیرین زبانی می‌کند
دار و درخت و آب‌شار و جوی بارانت
به سقف آسمان سر می‌زند دریای مستانت
ایا فرمان‌روای جمله دل‌های قرون‌وقرن
تو با این سوگ‌واری‌ها و دردمندی
دلاورباور و راد و برومندی
ای آن وارسته از وابستگی
از بندگی
از هرچه انسان را جدا از جوهر مردانگی سازد
غرورت با غرش با آذرخش همراه
نگردد قامتت کوتاه

بیا بار دگر آغاز کن
آغاز کن
آغاز، شوریدن
باریدن
برای سر نگونی‌های تاریکی‌تباران تبر اندیش
که شمع مجمر روشن سرشتان رو به خاموشی‌ست
و گام زورق موج‌آفرینان بی‌جهت راهی‌ست
مبادا هیبت هندوکش از ضرب سبک‌کوبن فرو ریزد

ببین مادر بزرگ آسمان بار دگر چابک خراسان جوجه‌ی

زایید
بیا خورشید شو
خورشید شو
خورشید

۷۱

به من از آرزو گفتی!

کدامین آرزو

ای هم‌نفس

ای هم‌تبار

ای هم‌دیار من

مرا از روز پیدایش

به جز آبادی میهن

به سر دیگر خیالی نیست

چه می‌پرسی

که من از گردش گردون چه می‌خواهم

اگر گویم که با مرغ خیال ما چه‌ها کردند

عقاب باور ما را اسیر دانه‌ها کردند

یکی بودیم مگر یک‌یک ردیف ما جدا کردند

گرفتند بحر فهم ما و

خود در آن شنا کردند

دلت غمگین خواهد شد
و دیگر از امید و آرزو نامی نخواهی برد

اگر گویم چه دردی می‌کشد در سینه آزادی

چه زجری دیده معمار و چه ویران گشته آبادی
نه دیگر انتظاری و نه مردی مانده در وادی
دریغا رگ‌رگ ما را بریدست تیغ بربادی
دلت غمگین خواهد شد
و دیگر از امید و آرزو نامی نخواهی برد

اگر گویم که خود گردش‌گر این ماجرا بودیم
به وصلی بی‌صدا و
بهر فصلی هم‌صدا بودیم
نه می‌دانیم کجاییم و
نه می‌فهمیم کجا بودیم
دلت غمگین خواهد شد
و دیگر از امید و آرزو نامی نخواهی برد

برو ای هم‌نفس
ای هم‌تبار
ای هم‌دیار من
سکوتم را به سنگ حسرت این آرزو نشکن

۷۲

پر از خشمم
شرابم ده شرارم ده
بیا آتش به چشم اشک بارم ده
ببند میخانه بر رویم
رهایم کن
امانم ده
به مستی اختیارم ده

چه‌سان بینم غمی خندان
دلی گریان
تنی بر آتش سوزان
کسی آزاد
مگر در گوشه‌ی زندان

چه‌سان بینم
ستم بیدار
وجدان خواب
صدف آذوقه‌ی مرداب
سفر کوتاه

رفیق ناخدا گرداب

چه‌سان بینم

ددی در ده

رهی مسدود

زمین سرما و دود اندود

خدا خاموش

فریدون جهان نمرود

چه‌سان بینم

سکوت عشق

سری بر دار

کمان آرشی بی‌کار

لبی بی‌حرف

زبان، سیمرغ بی‌منقار

بیا ساقی قرارم ده

خرابم کن شرابم ده

شرابم ده

۷۳

دل نشکن
قلب خدا می‌شکند

۷۴

برای آن یل گردن‌فراز

از آن پاکیزه نامان جهان بودی
یکی آزاده از آزادگان بودی
شهی شهزادگان بودی
چه مرد قهرمان بودی

نگین شهره‌ی انگشتران بودی
خروش بحرهای بیکران بودی
به رنگ آسمان بودی
رهین رهبران بودی

درفش عشق دست عاشقان بودی
چو سرو تازه‌ی سرو روان بودی
سرود شاعران بودی
درود عارفان بودی

زبان کوه و چشم صخره‌گان بودی

شرار و شعله‌ی آتش‌فشان بودی

شکوه خسروان بودی

ترازوی زمان بودی

شمیم نسترن در بوستان بودی

چو آبی در پی لب‌تشنه‌گان بودی

کران‌ها تا کران بودی

روان بودی روان بودی

تو خورشید دیگر در کهکشان بودی

براستی آدمین آدمان بودی

تو راوی راویان بودی

طلوع جاودان بودی

۷۵

چون آفتاب رخشنده‌ای
تا این جهان است زنده‌ای
ارزنده‌ای
زیبنده‌ای

عنقای پروازنده‌ای
اندر سما پاینده‌ای
گیرنده‌ای
دارنده‌ای

در قلب‌ها باشنده‌ای
هر سینه را سوزنده‌ای
سازنده‌ای
سرزنده‌ای

چون ابر و باد بارنده‌ای

باغیچه را آینده‌ای

روینده‌ای

بخشنده‌ای

آزاده و دل زنده‌ای

در رزم عشق رزمنده‌ای

جوینده‌ای

یابنده‌ای

۷۶

چه رهبری

چه آمری

چه پیروان ناخلف

چه رهنمای باشکوه

چه رهروان ره شکن

چه باوقار سروری

چه بی‌وقار ره‌روی

چه سربلند مکتبی

چه شاگردان سرنگون

چه آسمان
چه کهکشان
چه ابرهای بی‌ثمر

چه آفتاب روشنی

چه شرم‌سار روزنی
چه مرد سر سپرده‌ای
چه شهر خواب‌رفته‌ای

چه نام‌ور دلاوری
چه ناجوان داوری

چه قامتی
چه همتی
چه مردمان کوتهی

دریغ و آه
دریغ و آه
چه آدمان روسیاه

دریغ و درد
دریغ و درد
که رفته از دیار مرد

دریغ و اشک
دریغ و اشک
از این هوای دود و رشک

۷۷

نشستم
بر لب ساحل
به دریا راز دل گفتم
دریغا بی‌خبر بودم
که دریا هم زبان دارد

۷۸

ایا ستاره‌ی پیش‌رو

خوشا خوشا تو را و

باز خوشا تو را

که کژ نمی‌روی و

کژ نمی‌بری کسان خویش خویش خویش را

در این سیاره‌ی سیاه من ستاره نیست

چره قدم به پیش می‌نهد

که با گمان گیج خویش رود به فتح خانه‌ی سحر

ولی ز هر رهی که پا زند

دوباره سوی آن سیاهی می‌رسد

نمی‌رسد به روشنی

۷۹

غم‌نامه‌ترین

شعر بلند نم باران

کمپوز هنرمندی بژها

ای برگ دل ریخته‌ی شاعر

نجوای تو را

از دهن باد شنیدم

گفتی بسرایم

سرودم

نشنیدی

آیا که تو

از ناوه‌ی چشم سخنم دیر چکیدی

۸۰

چشم هشیار تو

با دیده‌ی دیوانه‌ی من

گرچه بیگانه ولی یار هم‌اند

بلبل‌آسا به تماشاگه گل

همچو پروانه و شمع

۸۱

عکس مهتاب دلم را

می‌گویم

ننشست هیچ

به دریایی کسی

۸۲

ای خفته در این خاک به پا خیز و بگو حی

که تا زنده شود نی

زند هوهوی و هی‌هی

به رقص آید و ساقی

بریزد دو جهان می

از آن شیره پیاپی

برای من بی‌وی

۸۳

یک شبی تار فتادم
ز در خانه برون
کوچه بی‌ماه و
ره صومعه معلوم نبود
رفتم و تا به در مسجد آبادی رسم
کفش از پا کشیدم که شوم وارد آن
ناگهی ساغر و صهبا و سبو را دیدم
کوزه‌های که از آن بوی شراب می‌آمد
گفتم ای وای ره خانه غلط آمده‌ای!
جای مسجد تو به میخانه قدم مانده‌ای

با شتاب چرخیدم
تا از آن درگه عصیان و گنه برگردم
که صدای پر آهنگ خلوص
خوش نوای که ز هیچ قاری قرآن نشنیدم هنوز
نرم از آن‌سوی شراب‌خانه به گوش من گم‌گشته رسید
هان مسافر شده‌ی شهر خرد!
برنگرد
زود نرو

این سرا منزل تست
تو نه خود آمده‌ای این دم شب تا این‌جا
و نه گم‌کرده‌ای ره
آن‌که آورد تو را تا به در درگه ما
بخدا نیست کسی غیر خدا

رو به او کردم و دیدم تکه‌ی کوهی ز نور
ریخت از شاخ سرم ساقه‌ی هوش
حدس زدم کالبد خورشید نشسته آن‌جا

چشم بستم
و نگه از نگه مرشد نورانی‌نظر پوشیدم
که به خورشید کسی دیده ببستن نتوان
بی‌خود از خود شدم و زانو زدم پیش قدم‌های
فروشنده‌ی می

کوزه‌ای برداشتم
دو-سه جامی هم از آن آب حیات نوشیدم
باقی‌اش را به سرم پاشیدم
یعنی خود را ز هوس‌ها شستم
و نشستم سر سجاده‌ی پاکیزه‌دلی

توبه کردم از نو
رفت از یاد مرا منبر و محراب و دورویی و دعا
ریخت از تار ریا دانه‌ی تسبیح غرور
جامه‌ی حیله دریدم ز تن و
پاره کردم دستار

شدم آن شب ز غلامان در می‌کده‌ی معرفت و
عشق و صفا
تا جهان است ننوشم جز از آن ساغر انسانی‌نما

۸۴

ایا فارسی! فروزاننده‌ی فانوسِ شب‌های دلِ آدم

شمیم نسترن‌زاران خوش‌گویان

حریم بلبلانِ قصه‌گوی عشق

بهار بی‌خزان شمس تبریزی

سماع صبح مولانا

فراز کوهساران خلیل‌الله

شراب معرفت در کوزه‌ی خیام خنیاگر

دلیل رویش تک‌واژه‌های سند تا کاشغر

دلیلِ بی‌دلی‌های دل بیدل

سرود خوش‌طنین‌انداز خاقانی

خرام و قهقه کبک بلندپرواز آقانی

تو از روز تولد در برم لالایی می‌خوانی

هیاهوی هُمای رفته در افلاک تا افلاک

ایا آوازه‌های وحشیِ بی‌باک

زبان عارفان شهره‌ی شهر شعور و شوکت و شاهی

ضیافت‌گاه پاک‌بازان سرتاسر شکیبایی

تمنای دل هر آدمی را می‌توانی گفت

تو زهر هجر هر داغ دیده‌ی را می‌توانی شست

الا یا عندلبِ ناله‌انداز چمن‌آرا
نوای مطربان عرش

شقایق‌های عشق‌انگیزِ آوای منوچهری
تسلی غم دوشیزه‌گان دور از دلبر

عقیق خوش درخش خاصه‌ی انگشتر صائب
رواق و روضه‌ی خلد برین خلوت حافظ
ای اندر سینه‌ی سعدی نگارستانِ رنگارنگ

تو حوض کوثر چشمان یوشیجی
که آبش از تهِ سنگ بزرگ مولوی جوشد

ایا سرچشمه‌ی شیرین شاملویی
گلوی نغمه‌های درد کسرایی
تو فریاد قشنگ رودکی در تار هر چنگی
شریکِ سایه‌های سردِ هوشنگی

تو اکلیلِ خوداندیشی به فرق خودسران کردی
پیامِ مشرقِ اقبال لاهوری!

شرار آتش افروخته در بادی
که از ویران‌گری‌های هجوم ژاله و توفان نمی‌لرزی

ز طاق امن ناموس تو دست بُرد حوادث کم
گزند باد و باران قامتِ سروات نسازد خم

ایا فارسی
شکوه کاخ فردوسی
ای آهنگ دلاویز پُر از راستی

الا ای مسند عاشق‌نشین شام تا آذر
سکون قلب سربازان بی‌مادر

نرنج از گردش گردونِ کج‌گردش
که دل تا از میان کینه‌توزی‌ها نگردد دور و
تا عرف حیا از مکتب مهرت نیاموزد
زبانش در تکلم‌های موزونت نمی‌چرخد
تو زیبایی و برپایی و دریایی

۸۵

زندگی وحشی‌ترین گرگ بیابان تو است

که اگر گرگ شوی می‌مانی

مگر از بره‌شدن جان به سلامت نبری

۸۶

اندکی بی‌تو بمیراند مرا

۸۷

نروید! نروید! نروید!
به مشتاقانِ سفر نیز بگویید نروند
که کسی آمد و گفت راهِ وفا مسدود است

۸۸

هم‌نفس
ساز نوازش‌گر جان
ساز غم‌گینی من

ناله‌ی آمده در سینه‌ی من کوه شده
تیشه برگیر و بِکن از بر من

۸۹

مرا تا اوج رویاها ببر

تا جنگل انبوه آغوشت

شنایم ده به دریای محبت خیز چشمانت

فراسوی فراخ قلب خود را آشنایم کن

مرا تنها ببر با خود به سیر عشق

۹۰

من به چشمان تو باور کردم

رو به روی تو نشستن ایمان است

تو بهشتی و من آن مومن عشق

که ندارد رهی جز من به تو هیچ

۹۱

آن شبی آخر شب

قصه‌ها نیم‌تمام

سر آن مرغ جدا باد ز تن

که به آغاز زمان پایان داد

۹۲

نم باران آمد

گفت تو را دیده است

سخن از جامی ریخت

نوشیدم مست شدم

چشم‌هات را تماشا رفتم

۹۳

آنگاه که خورشید حوصله‌ی طلوع‌دن نداشت

و زمین در ردای گرما

استخوان تن خویش می‌خورد

من کودک تنهای را یاد آوردم

گام‌های کوچک‌اش توان عبور جزیرهی را نداشت

حتا دستش به استخوان خودش نمی‌رسید

۹۴

هرکی از سوی ده یار به ما می‌آید

قصه‌ی می‌پرسم

یکی گوید بهار است آن‌جا

دیگری از لب خندان گل می‌گوید

آن دگر گفت که همسایه‌ی باران شده‌ای

هرگهی خواست دلت می‌باری

هرگهی خواست لبت می‌خندی

سر هر دشت و دمن می‌رویی

عشقه‌ی پیچ به پیچ نگهت

به بلندای چناران رفته

و دیگر نیست به خاران نظرت

تو مقصر نیستی
که چنین است
تو گلی، ماندنت در بغل خار خطاست
گرچه همسایه‌ی خار است ولی
هرکی بوییدن گل را حق خویش می‌داند

خار که خار است
نباید به آن دستی داد
هرکی از سوی ده یار به ما می‌آید
قصه‌ی می‌پرسم
همه گویند بهار است آن‌جا
چه کسی این قصه‌ی تلخ به آن‌جا ببرد
که هنوز کوچه‌ی خانه‌ی ما
پاییزی‌ست

- تا درود -

آثار دیگر این نویسنده توسط انتشارات برمکیان:

برای دریافت و سفارش آنلاین این کتاب و آگهی از نشر آثار جدید حسیب احراری، به لینک زیر مراجعه کنید.

www.Barmakids.com